宮川翠雨句集

東奥日報社

目次

序に変えて

　正直のところ生来愚鈍なものだから、こんな本を出して世に問うといった気負った気持はさらさらない。ただ私の子供や孫たちに、こんな気持で生きてきたんだというささやかな私の存在の証しのひとつぐらい残したいという、全く俗臭紛々たるものからでたものである。そのつきあいを無理にさせられているのが、私の先輩や知人や門下生である。誠に相済まないことをしているわけである。何卒おゆるし願いたい。それから一から十まで名刺に肩書きを書いている人を私はあまり好まない。そういうことから私にも多少ついている肩書を名刺に書き込まないことにしている。
　ところが個展や著書には麗々しくたくさん従来並べてきた。正直いつもこのことを気にかけながらやっている。実は展覧会の際はなるべく、書をやっている以外の方々にも、たくさん見ていただきたいという気持からである。また著書の場合は、たくさんの方々に読んでもらいたいと思うからである。そのほか肩書きを見て興味をもって買求めてくれる方が或いはあるかも知れない。そうするとその出版を引きうけてくれた出版社に少しでも損をかけないことになる。本当はそんなことを考えることこそ俗物の最たるものだと知りながら、敢てこういうことをやっている偽善者の自分をもう一人の自分が見てやり切れない気持に襲われる。

【中略】普段偉そうなことを言っていながら、妥協の上にも妥協をかさね、少しく純粋な生き方をしようと思いながら、一種のポーズだけで終っているのが何としても情けない。やはり、どこまでいっても俗物は俗物、小物は小物である。

「続翠雨雑記」・『初硯』より転載

野の花

第一章　今昔

昭和十年〜昭和二十七年

山焼く火たけりてのんどかわきけり
草おどろ渡り鳥の影はしりたり
バッタ取り飛ばして見たり山の空

聾唖れて小鳥がさわぐ暮の秋

火がつきて炭の木目の冴えてくる

すれちがふ少女カンナを燃やしけり

こぶし見ておれば翳のほかりとそらにあり

微笑は温める水の底にあり

掌の蛙喉ヒコヒコと我を見る

郭公はわがゆく路に消えてなく

青嵐抜けきし小鳥鳴きにけり

蜻蛉を噛んでしまひし馬の顔

緑なほもてる葉のあり炭の中

山の線今年へ明くる光なり

撃たれ鴨とぢし眼の中燃えてあらん

燈が点り街は鰊を焼くにほひ

草叢に日の溜まりゐる野分かな

雨吸へる砂より生ず秋の風

秋の風水ナ底の魚透いて消ゆ

長女弘子出生

暮れとなる玻璃戸に雪が産声が

生まれきて雪降る窓に目をあきぬ

めしひは猫なでゝ爐に向ひたり

母逝く

母を呼ぶ声々寒き燈にのこり

征く人の芽木をうしろに敬礼す

弟應召

地上炎ゆる向日葵のごと出動す

ひらひらと夏痩の人裳の家に

木の裂けしところ光て冬の雨

玻璃の風光るを知らでみもごれり

青嵐水鳥飛んで水降らす

銀河濃しひびきあひつつ山の水

風に生れ風に消ゆ蟲のこえかな

氷の上の人の声より昏くなる

恋猫の水飲みにくる風の昼

朝風や毛虫は木々を垂れそむる
コスモスに触れしに匂いたちにけり
草の徑水が見えてる夜の秋

山に対ひて梨食ふ音の荒々し

秋の風膳の魚の目生きてくる

銃眼に蟲音入りきて光りたり

戦争のため家族疎開、ひとり東京に残る

都のたつき今宵ひと夜の蟲鳴けり

目覚めゐて見をる柱の子の冬帽

雪陽炎電柱吃りつつ鳴きぬ

春光はミルクの皺を深くしぬ

蛍流れ焦土の街の闇つくる

籠のカナリア吾子に描かれて囀れり

霧ながら織き月懸け誕生日

藍の空描かんとすれば雁渡る

爽涼やいちにち湖は波翳す

見てゐたるデリシャス人が来て買へる

炎天や靴音須臾に吾を去る

炎天や蒼古の湖に咳落す

遠泳や島蟬の声かぶりつつ

東京を切に恋ふ

雪の上に火屑ふらして汽車東京へ

冬ぬくし東京の地数歩ふみ

釘を打つ音す吹雪の中ゆくに

日蝕の街や舞ひきし蝶飲みぬ

仔雀が湖光に触れてかへりけり

颱風のあなうらしろくみもごれり

三女生まる

章子とふ名をつけ煖炉さかんにす

焚火音はげしし四たりの父となる

妻子らの夕餉の頃や旅の虹

雪の車窓に嬰児の名章子と指もて書く

机にをりて湧きくる昔蝌蚪の瓶

鶏うらゝおなじ貌なし餌をあさる

わが頭より花咲くおもひ花の中

蝌蚪のせし妻の掌生命線長し

向日葵に子は太陽の子となりぬ

旅にゐて颱風あとの人親し

落花ひらひら距離たもちつつ濠越ゆる

海の紺に舟ばらまかれ啄木忌

来し方や枯木は遠く風纏ふ

露涼し子が近道をして家に

母癒えず松いたづらに雪載せて

母の死へ凍歩く鳥飛ぶはなし

母死にて初めての雨春隣る

母の新墓すぐに雪着て他と並ぶ

冬天を摑まんと一樹枝を伸ぶ

父病みて怒れるごとく咳放つ

航きちがふ船もろともに花火浴ぶ

旅の花火いくたびも浴ぶ汽車待ちて

中年の夢の悲しさ鰯焼く

捨てられし案山子朝日に目覚めをり

多摩の秋石蹴りゆきつつ妻を恋ふ

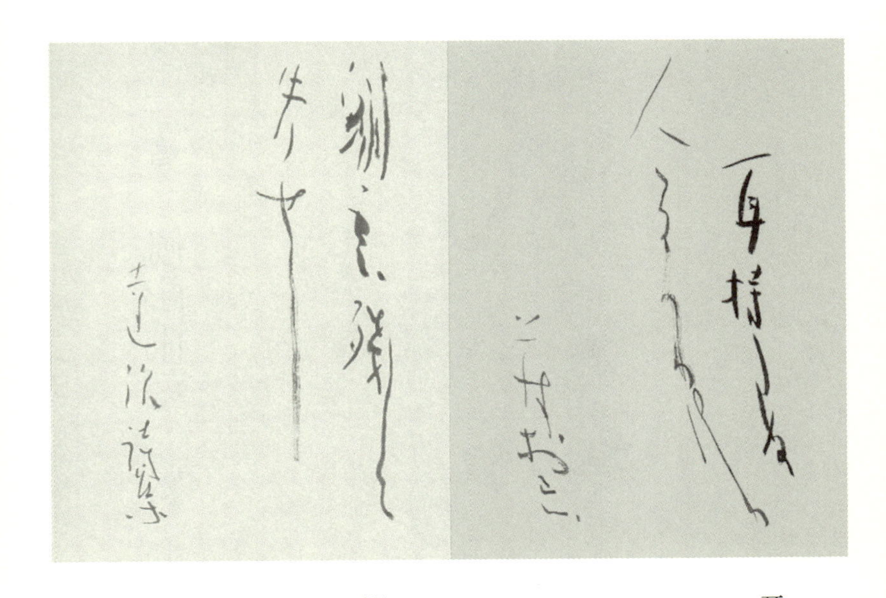

耳持たぬ人なかりけり藤村忌

鰯雲残して失せし達治詩集

第二章　風彫雨刻

昭和二十八年〜昭和四十七年

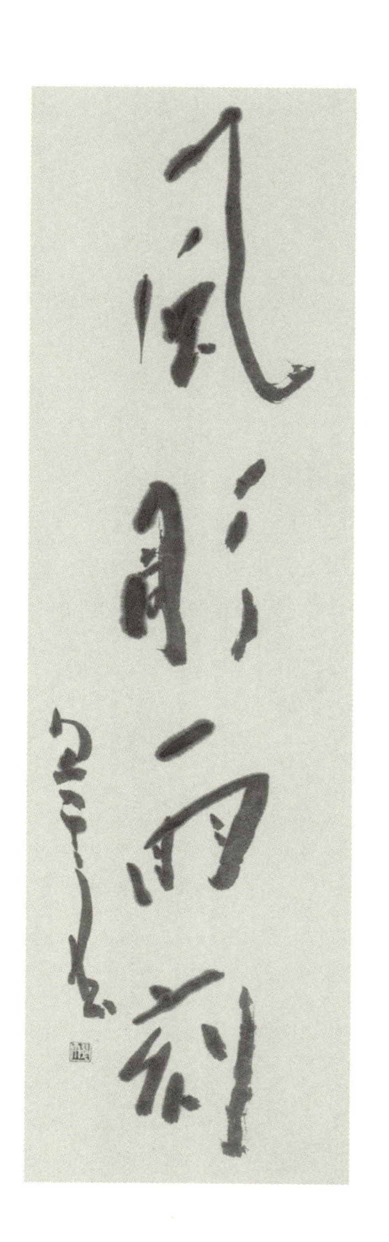

飴ねばる口中みちのくの春遅々と

寒汽車寒し靴裏見せて人眠る

母の日や雪来隠して雪だるま

春泥の闇に馴れたる目行き交ふ

春の雲山に落ちゆく逢ふべしや

群峯を率て山登る誕生日

海閉ぢて汽車すれちがふ初の旅

林檎剥き終ふ吾が一生の一拠点

にょきにょきと氷柱が生ゆる学励めよ

花吹雪風に任して無音の曲

花に咽ぶ蜂ある限り戦絶えず

白靴汚れ教師といふ名の行方

子を撫すや青田青田色に満ちく

晩夏光瓦礫の道の岐路に立つ

土工踏みゆく地いきいきと霰くる

職を得て着しまま洋服を炉に乾かす

子規の忌や焚口薪の火が溢れ

鴉漆黒春泥にゐて鳴きやまず

光太郎亡し

炎雲朱く海門塞ぎ光太郎亡し

よく見ればみな異なれる蝉の貌

鉄が鉄撃ち鉄のにほひす露伴の忌

来世また男たり得んや凍てに転ぶ

母の忌やゆふべの雪着し雪だるま

松の根の崖裂き夏の終りけり

松の樹が松に囲まれ大旦

梅雨寒や善きことなせと夢の父母

梅雨旱石と化しゆく石地蔵

旱梅雨野の起伏くる人の起伏

机に四隅人に目鼻や梅雨あがる

吾子逆らふ崖に秋日の滲みてゆく

秋袷棟方志功握手の強さ

多岐亡羊都塵に転ぶお元日

眼張って雪山の白描く吾子

舌一枚口中にあり雪解激し

耳持たぬ人なかりけり藤村忌

教え子柿崎君結婚す

黄菊白菊灯がさし香り放ちけり

冬服新調「展覧会の絵」の曲の中着る

虫の音と仏像の線部屋に充ちく

雪がきて雪の白忘れゐし日々よ

母の日や寝につく足を揃へたり

白菊や池の流るる音変る

元日の野仏薄く唇開く

夢に聴きて父の声いま吹雪の声

書を作さんと河より戻る花の朝

夏の雲動き面影定まらず

心はづめば夏雲遂に峰離るる

驟雨きて音たてて遠ざかるもの何ぞ

花の一片宙すぎ墨に筆ひたす

端渓に墨磨る梅雨の音聞きつつ

吹雪遠のき硯の指紋目覚めくる

書初や藍一色の着物着て

空梅雨の沼の片照り一茶の書

書作前吾子と兜虫など闘はす

元日や溜まりくる声まだ出さず

雪一日猫鳴くがに見えて鳴かず

筆握りゐし掌に元日の雪を亨く

雪が来し吾子の便りは今日も来ず

第十回日展五科（書）にて菊華賞受賞・感あり

枯いろや石あるところ日が溜まる

石に風落葉とともにどっとくる

妻癒えし降る雪白を失はず

墨磨るや五月雨窓の空濡らす

日展五科（書）審査員就任祝賀会

師の祝辞臍に垂れゆく胸の汗

喉の奥汗がきらりと謝辞吃る

梅雨嵐書作の前のことば呑む

県文化賞受賞・感あり

暮れ迅し一条残し秋日射

枯芝のまん中避けて妻とゆく

筆おけば舌にしみくる汗の塩

端渓の声待つ颱風の中にゐて

福士さん婚約

コスモスの風に揺れ合ひ婚約す

二女紀子結婚

嫁ぐ娘よ春雪握り掌を濡らす

樹々芽吹く身内去りゆくものの音

薫風消ゆ幹紫に描きをり

久々に養父の地に

馬ひそと向日葵のそばにゐたりけり

藍の水滴選ぶや雪の匂ひ来る

冬の虹書作せし掌を洗ひをり

春雨やまずものが見えくる目つむれば

花あしび雨の中なる浄瑠璃寺

日展作制作のため、岩木山麓の「こざくら荘」の日々

硯の声に覚めてをりけり月の中

いきいきと筆墨ふくむ柿の朝

稲つるみ紙を鳴らして筆奔らす

わが書作秋の水より生れくる

吹雪の中や動かざるものの目を捉ふ

筆おけば落葉が叩くわが家かな

霙きて硯の声をまさぐりゐし

書初や力のこもる筆選ぶ

末娘章子の婚姻前後

空の傘土筆は土筆の胞子咲く

流雛ものの終りと初めきし

結婚式場

机上の花々流れとなりて春灯下

花の闇中もう一つの闇流れをり

初硯水を注ぐや山河の聲

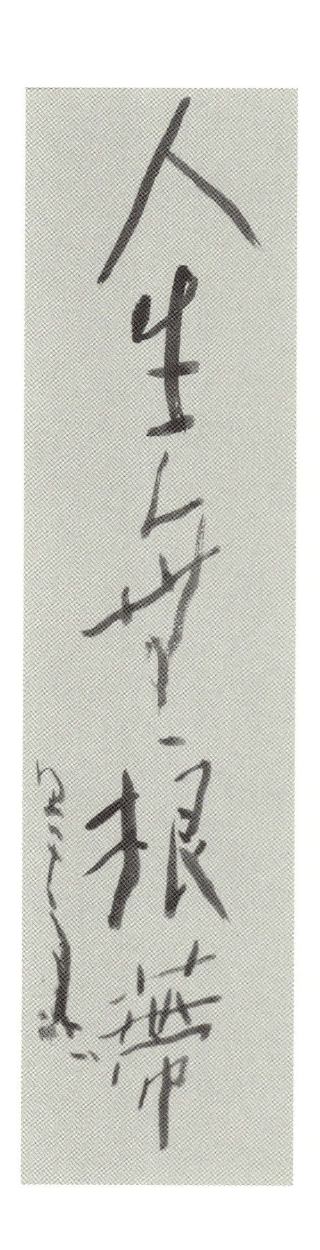

第三章　人生無根帯　昭和四十八年〜

元日や失はれゆく音匂ひくる

停年や春めききたる馬の鼻

墨磨りをり若葉と馬の鼻窓に

初孫男子誕生

生まれきてはや十指あり水中花

産声高し五月の川の波の翳

工藤甲人の絵

森の出口や虹かけてゐるかたつむり

長男國彦結婚二句

舞ひながら壺に挿されし白菊や

娶る日や朝の秋茄子紺つよし

小学校時代の恩師御逝去

寒卵ころがる畳師の訃報

神保先生急逝

風花や鏡に一瞬見えしのみ

花曇墨の香流れわが書屋

郭公や農継がざれば墨磨りをり

良寛書唾たまりくる朧かな

耳覚めて目つむる馬や花曇

春雷や逝く前に似て稿急ぐ

墨磨れば窓に近づく花林檎

長男國彦に男の子出生

蝉の声男子出生と電話の中

産声や目つむれば青葉溢れくる

直系生まれ青田鳴らして雨駈ける

母の日や大粒の雨来りけり

母の日や消す行多き朝の稿

万緑や河渡りきし馬の鼻

梅雨の闇声出せば声闇となる

墨磨れば鳥翔つ音す梅雨の闇

藪柑子下着とり換へ墨磨りをり

鼠が少し騒ぎはじめし冬至かな

書作中わが貌失ふ冬の雷

雪の津軽路ゆくは富山の薬売り

雪解けの津軽農婦の声太し

蟻歩き大きな朝となりにけり

次女紀子

妊りし眼の奥青し春灯

妊れる娘の掌まぶしも夏来る

玫瑰や旅の鞄に古端渓

虻唸る部屋で読みをる賢治の詩

風鈴や日々太りゆく孫の語彙

夏雨の青々と降る古端渓

鰯雲長き昼餉の老家族

鰯雲遠きもののみいま見えて

鰯雲いろはにほへと川跨ぐ

虫鳴くや耳の中なる耳うごく

麻酔覚め吹雪の中や硯の声

鳴き終へて目を残したる寒鴉

雪の夜の闇は濡れたる紙の色

競泳スタート着水寸前脚そりぬ

雲の峰埴輪眼の奥青奔らす

汗滂沱書作終ふるや舌うごく

夏の樹の鼓動がきこゆ古硯出す

無数の声のひとつを求め炎ゆる坂

河に沿ふ街や横手の心天

鰯雲残して失せし達治詩集

和紙の中古墨が透いて秋の風

悼鈴木翠軒先生

生や死や鏡中に敷く鰯雲

こほろぎの声滲む和紙に追悼文

祭式場にて

菊の香や墨を磨りをる遺影の掌

秋深し白波並ぶ伊良湖崎

初明かり亡き師は遠く近くゐる

きらきらとみごもりびとよ日記買ふ

初硯水を注ぐや山河の声

咳の底一本の筆放さざり

納骨や冬の鎌倉雲開く

花の冷磨るやしくしく師の遺墨

綺羅のごと悪事が奔る韮の花

宋端渓値切らず買ふや虹太し

妻を発たせ掌をポケットに花火見る

蟇の声にふたたび触れて筆とりぬ

明墨の香や鶏頭の火となれば

わが師亡し雪もて濡らす古端渓

冬の十和田湖

樹々に雪華古墨の色の湖展く

十和田湖の小さき街の喉に雪

硯出し雪降りくるを待ちゐたり

葱匂ふ古硯見てゐし店先に

雪の白青む日なれば遺墨磨る

馬の尾がおのれ叩きて放哉の忌

ある会を退会

蝌蚪は群れ外れても蝌蚪転機あれ

蟇の声去るや歳月充ちきたる

雷の中噴水のなほ立ちあがる

われ立てばわが骨も立ち喜雨旱

芒の銀道あるがごとなきがごと

わが過失炎天の河となりにけり

熊谷守一画伯を偲ぶ

雲の峰舌湿りきて守一展

魚の鯰まっ赤ネブタの笛近づく

水中花弱き力にわがひと世

わが息と合はせ野分の幹なりけり

鮟鱇の貌みて古硯だしにゆく

われらなほなすことありて冬の虹

母の墓見ゆるところや手套とる

故本郷新の彫像を前にして

削りたての胸持つ少女雪の翳

社中の遠藤氏・県芸術選奨を受く

野に立ちて吹雪とともにわれも鳴る

東大寺の写経を浄書

若水を呼ぶ硯板やわが机上

野分中われらが負ひしもの探ぐる

冬空の一筋の青見のがさず

師の死後も冬空ときに虹かかぐ

掌の中に古墨沈めり春曙

春は曙想を変へたる稿すすむ

熊谷守一をしきりに思う日々

蟻を見し目をもて人を見てゐたり

見えぬもの見むとひと世を藤の花

書作前向日葵の黄が迫りくる

蝸牛見てゐて舌に力こもる

天の川声にせぬ声吾を支ふ

身中にことば幾千天の川

誕生日古硯を離る秋の声

日常もまた旅おぼろの岐れ道

多喜二の忌何か絞られつつあるもの

山見れば山に見られてお元日

カメラの前大根かかへし妻と立つ

捨つるもののなきや芒野漕ぎてゆく

マイヨール展見てきて障子貼りゐたり

セーターより顔を現はし妻還暦

書作ならず大根が木に吊るされて

考えつつ路歩きをる寒鴉

春潮に風の道見え古稀迎ふ

パリにて書作展を開く

負ひきしもの何やマロニエ花の下

マロニエの花見れば消ゆパリの雲

首つけて歩くおのれや利休の忌

生者死者ネブタ囃子の中にゐる

おのが身を猫舐めてゐるお元日

書初に舌の位置きめ筆とりぬ

雪降るや筆頭の鋒を上

息溜めて見をれば鳴きぬ寒鴉

書初に選ぶ鳥獣虫魚の語

端渓に葱の香一直線に来る

おぼろ夜は古硯濡らして人を待つ

にぎやかに痩せゆく俳壇花吹雪

囀りや指頭吸ひをる古端渓

山焼く火臍に響き来書作前

三月尽コーヒー濃くして伊良湖崎

恋猫をネズミ怖れず前走る

ピカソ展空は炎えつつ三角に

角出して時間を集む蝸牛

晩年や縄の一端路に炎ゆ

古稀がきぬ辞典と遊ぶ蚊帳の中

水噴かぬ噴水となり遠くで戦さ

死者横に生者は縦に稲光り

木枯の時間古硯を過ぎゆきぬ

一本の筆一本の曼珠沙華

若水が古硯に澄めり磨らずゐし

古新聞しばし立ち読み鱈包む

冬の涛起ちあがるたび岩も立つ

牡丹雪馬の姿し馬歩む

春立つ日小さき塩がめ筆筒に

寄するもの離るるものあり筆はじめ

風呂敷に古硯と雪の翳包む

頼むもの何もなければあたたかし

失いしもの音立ててくる種袋

雪囲い解きてその夜は青く臥す
ものの芽や還らざるもの恋ひゐたり
ものの芽にいそがざるものありにけり

花曇椀に沈める生卵

一筋の滝視る力磨きをり

欲りしものまたひとつ消す古稀の秋

絢爛とうしろさびしくねぶた去る

鶏頭や死を急ぐかに墨を磨る

八月十五日空ははがねの音を張る

教え子寺山修司を憶う

蛾が入りてなほ彫られゆく髑髏の目

梅雨の日は梅雨の色して古端渓

薫風に吊りし筆ゆれ退院す

生や死や旅の花火の笠かぶる

退院後はじめての旅

秋深し古墨の中のことば聴こゆ

天の川大硯に満つ石の声

初硯貫き通せしものありや

水注ぐ古硯は枯野へ泳ぎゆく

西沢赤子先生御逝去

生や死や画筆が横に臥して寒し

草田男亡し筆噛みほぐす寒さかな

生き死には葉のうらおもて利休の忌

金魚売る声だけ買って墨磨りをり

生かされて噴水の穂先見てゐたり

兜虫兜かかげく我は何を

虚こそ華実は修羅なり曼珠沙華

亡き母が吾が血鎮めし秋の風

要するに一羽づつなる鴨の群れ

遺墨掌につぎの声待つ野分中

雪豊か線となりたつジャコメッティー

柔軟と抵抗わが生きざまや冬の鵙

楸邨氏病むと聞きしが恢復せしとか

楸邨不退転北の冬日の面構

中国西安にて書展

桃の花雲を束ねし筆揮ふ

中国人民春耕の鍬ならしをり

母の日や風通しやる土間の闇

師あらば胸の野分の消ゆるものを

真炎天濡れはじめたる古端渓

見えぬもの我を生かしむ秋の声

胸内の野分絞れば滴たれり

極月やみな些事にしてまた大事

花にきて心の修羅と対しをり

桜餅葉のまま食べて母を恋ふ

花に濡れ亡き師と歩幅合はしをり

妹逝けり炎ゆる砂もて掌を洗ふ

虹の朱の極まりわれを去りゆくもの

わがうしろもう一人のわれゐて月の夜

自尊とは無欲のことぞ鰯雲

亡き殻は仰向き聞ける秋の風

墨磨るや降る雪の白燃えさかる

右顧左眄ゆるさぬ一会志功の忌

捨てきれぬ望みありけり風の冬木

曼珠沙華風を燃やして痛み合ふ

せっぱつまって雪食べながら月を見る

拳ひらけば拳は失せぬ十二月

忘却とは神の仕業か福寿草

あとがき

この度、掌中東奥文芸叢書として宮川翠雨句集が発行されることになり、國彦様から句の取り纏めの依頼を受けた。師は書だけの句集「初硯」（昭和六十年）を刊行されている。その後も生涯に渡る句集を出版しようと準備を進めていたが、生前にそれは叶わなかった。没後三年目の平成二年「河口」と「雨声会」が協力、先生の句碑と句集を作らせてもらおうということになり、句碑は先生の代表句「夏雨の青々と降る古端渓」を善知鳥神社境内に建立させてもらい、句集は遺句集として「古端渓」を出すことが出来た。その際、奥様からお借りしコピーしておいた先生の原稿や句帳や田川飛旅子先生との交友文を、今回も使わせていただいた。

「古端渓」出版時には、背景を摑もうと花田哲行さん宅まで行ったり、師範学校時代や「向日葵」の事では前田水馬さんを訪ねたり、「暖鳥」の事では吹田登美子さんにお会いし、「寒雷」の事は竹鼻瑠璃男さんに聞きに伺った。間もなく吹田さんから「石楠」や戦後直ぐの「暖鳥」から抜き書きした句の原稿が届いた。有り難かった。竹鼻さんは先生投句の全ての「寒雷」を、事も無げに貸して下さった。皆さんの先生への情の深さを思うと、今でも胸が熱くなる。竹鼻さん以外は皆さん既にお亡くなりになられ、時の移ろいの儚さを感じる。その意味で、この句集の纏めをやらせてもらっている責任も感じているところである。

章の仕立ては「向日葵」に掲載の昭和十年から第一章、「寒雷」投句の昭和二十八年から第二章、「陸」に投句の昭和四十八年から第三章とさせてもらったが、どの年からも万遍なく選べないか、また「初硯」・「古端渓」に掲載できなかった句を選べないか、ということに気を配った。

序にかえては、「続翠雨雑記」（生誕百年記念・雨声会出版）から転載した。先生には「翠雨雑記」以降のこれらの文を纏め、また出版したいというお考えもあった。

平成二十七年九月

現代俳句協会会員　五味　汀子

略年譜

宮川翠雨（みやかわ　すいう）

大正元年九月二十八日青森県造道村（現青森市）に生まれる。本名　武弘。昭和七年青森県師範学校卒業。花田哲行に師事、「ほそみち」「石楠」に投句。十五年「海流」編集同人、合同句集「向日葵」刊行。十六年鈴木翠軒に入門。二十一年「暖鳥」に投句。二十八年「寒雷」に投句。四十二年日展菊華賞。四十三年日展審査員、県文化賞受賞。四十四年青森市民表彰。四十八年「陸」同人、県俳句大会知事賞。四十九年県褒賞受賞。五十三年「翠雨雑記」刊行、雨声会主宰。五十四年「河口」創刊・主宰、翠心会会長となる。西武デパートにて個展。五十六年パリにて個展。五十七年「陸」東北大会会長となる。五十八年上野松坂屋にて個展。六十年句集「初硯」刊行。昭和六十二年一月十二日永眠。七十四歳。

東奥文芸叢書　俳句23

宮川翠雨句集

発　行　二〇一五（平成二十七）年十一月十日
著　者　宮川翠雨
発行者　塩越隆雄
発行所　株式会社　東奥日報社
〒030-0180　青森市第二問屋町3丁目1番89号
電　話　017-739-1539（出版部）
印刷所　東奥印刷株式会社

ISBN－978－4－88561－216－9　C0092　￥1200E

東奥日報創刊125周年記念企画

東奥文芸叢書　俳句

加藤　憲曠　新谷ひろし
藤田　枕流　野沢しの武
草野　力丸　工藤　克巳
畑中とほる　吉田千嘉子
竹鼻瑠璃男　高橋　千恵
土井　三乙　徳才子青良
三ヶ森青雲　橘川まもる
福士　光生　田村　正義
吉田　敏夫　小野　寿子
浅利　康衞　木附沢麦青
増田手古奈　成田　千空
宮川　翠雨　日野口　晃
泉　風信子　藤木　倶子
奥田　卓司　佐々木蔦芳
松宮　梗子　敦賀　恵子
（既刊は太字）

東奥文芸叢書刊行にあたって

青森県の短詩型文芸界は寺山修司、増田手古奈、成田千空をはじめ日本文学界をリードする数多くの優れた文人を輩出してきた。その流れを汲んで現代においても俳句の加藤憲曠、短歌の梅内美華子、福井緑、川柳の高田寄生木など全国レベルの作家が活躍し、その後を追うように、新進気鋭の作家が次々と現れている。

1888年（明治21年）に創刊した東奥日報社が125年の歴史の中で醸成してきた文化の土壌は、「サンデー東奥」（1929年刊）、「月刊東奥」（1939年刊）への投稿、寄稿、連載、続いて戦後まもなく開始した短歌・俳句・川柳の大会開催や「東奥歌壇」、「東奥俳壇」、「東奥柳壇」などを通じて、本州最北端という独特の風土を色濃くまとった個性豊かな文化を花開かせてきた。

二十一世紀に入り、社会情勢は大きく変貌した。景気低迷が長期化し、核家族化、高齢化がすすみ、さらには未曾有の災害を体験し、その復興も遅々として進まない状況にある。このように厳しい時代にあってこそ、人々が笑顔と元気を取り戻し、地域が再び蘇るためには「文化」の力が大きく寄与することは間違いない。

東奥日報社は、このたび創刊125周年事業として、青森県短詩型文芸の優れた作品を県内外に紹介し、文化遺産として後世に伝えるために、「東奥文芸叢書（短歌、俳句、川柳各30冊・全90冊）」を刊行することにした。「文化」の力は地域を豊かにし、世界へ通ずる。本県文芸のいっそうの興隆を願ってやまない。

平成二十六年一月

東奥日報社代表取締役社長　塩越　隆雄